Nächtliche Begegnung

Nun lebe ich schon seit acht Jahren hier in Mainz und habe mich als griechischer Hund sehr gut eingelebt und, wie ihr wisst, viele Kriminalfälle in meiner neuen Heimat gelöst.

Doch in den letzten drei Jahren war es schon sehr schwierig mit den Einwohnern dieser Stadt. Sie hatten ständig so seltsame Tücher vor Mund und Nase und gingen sich eher aus dem Weg, als dass sie sich begrüßt und miteinander gesprochen haben.

So richtig verstanden hatte ich das zwar nicht, aber mein Frauchen, die Lisa, und auch Herrchen Nikos, haben oft solche seltsamen Teile vor der Schnauze…Entschuldigung…vor dem Gesicht gehabt, also immer, wenn sie in ein Geschäft gegangen sind, z.B. in die Metzgerei hier in Bretzenheim.

Das ist übrigens einer meiner liebsten Läden, denn die sind dort so nett und kennen meine Lieblingsspeise, nämlich die Mainzer Fleischwurst. Jedes Mal, wenn Nikos oder Lisa da rauskommen, haben sie von den Angestellten ein kleines Stück für "den Herrn Kommissar" mitbekommen. Der Kommissar bin ich, logisch. Ganz stolz richte ich mich dann in meiner vollen Größe auf und freue mich, dass man mich hier in diesem schönen Mainzer Stadtteil derart respektiert.

So langsam haben es alle mitbekommen, was für eine gute Schnüffelnase ich bin.

Also superklasse, der Laden! Die lieben Leute vom Fleischer werden abends alle in mein Nachtgebet eingeschlossen, also kurz bevor ich in meinem Kuschelkörbchen einschlafe.

Jetzt sind wir schon im Februar des Jahres 2023 angelangt und nun sehe ich wieder viele Menschen mit bunten Verkleidungen an den Bushaltestellen stehen. In den letzten zwei Jahren waren es nur wenige davon.

Dieses Jahr, das spüre ich, ist es doch wieder besser geworden und die Menschen wirken etwas lockerer und unbekümmerter - na, wenigstens was das Feiern um Fastnacht angeht.

„Das Ansteckungsrisiko mit Corona ist moderater geworden", hat meine oberschlaue Lisa ihrem Nikos gestern gesagt. „Stell´ dir mal vor: ab dem 2.2.2023 brauchen wir auch keine Maske mehr im ÖPNV tragen." Nun weiß ich zwar nicht, was ein "ÖPNV" ist, aber dass es nun besser ohne diese seltsamen Tücher werden wird, das merke ich der Laune von Frauchen an.

Dafür haben die beiden andere Sorgen. Jeden Abend starren sie auf den Kasten mit den flirrenden Bildern und hören "die neuesten Nachrichten aus aller Welt". So nennt es mein Herrchen Nikos.

So richtig glücklich werden sie davon nicht, im Gegenteil: je länger sie auf den schwarzen Kasten gucken, desto bedrückter schauen sie aus: „Nun haben wir so viele Probleme auf der Welt…und jetzt auch der Krieg in der Ukraine…und die vielen Gespräche über Waffenlieferungen… In was für einem schrecklichen Albtraum leben wir denn?" seufzte Lisa.

„Und dann noch die ewig lange Corona-Pandemie und die Inflation…" setzt Nikos nach.

„Na ja, zum Glück leben wir hier in Frieden, haben ein Dach überm Kopf und einen gefüllten Kühlschrank", ergänzte Lisa. „Eigentlich können wir hier im Lande zufrieden sein… dennoch, man weiß nicht, was noch alles kommt…"

So ging es also zwischen Frauchen und Herrchen hin und her. Es wurde Zeit, dass die beiden mal bessere Laune hatten und in die Puschen kommen.

Ich wollte das ändern und weil ich sowieso ein Bedürfnis hatte, sprang ich aus meinem bequemen Körbchen heraus und lief zur Haustür.

„Du, ich glaube Athos muss mal dringend raus", meinte Herrchen und lief mir hinterher. „Ich komme auch mit, die Nachrichten ziehen einen nur runter", meinte Lisa und schnappte sich meine Leine, die am Schrank hing.

Mittlerweile war es Abend geworden und in den Straßen war es dunkel und kalt.

Selbst der "Rote Weg" war nur dämmrig beleuchtet. „Die LED-Laternen sparen zwar Energie, aber man sieht ja kaum die Hand vor Augen", maulte Herrchen. Stumm stapften wir drei weiter, doch plötzlich änderte sich die Situation. Ein Schatten kam direkt auf uns zu, wich dann behände aus und fort war er. Die Dunkelheit hatte ihn sofort wieder verschluckt. Nur ein klirrendes, schepperndes Geräusch hatten meine feinen Ohren mitbekommen, als der Fahrtwind des Schattens sie kurz angehoben hatte.

Vor lauter Schreck hatten wir drei uns nicht bewegt, blieben erstmal wie gelähmt stehen.

„Oh je", meinte Lisa lapidar. „Das war wohl ein Elektrofahrrad! Die sind so leise, man hört sie gar nicht mehr. Außerdem war der Typ so dunkel gekleidet und ist mit Karacho um die Ecke gebraust, das ist ganz schön riskant, denn der sieht ja selber nicht, ob jemand hinter einer Kurve steht!"

Während die beiden noch schimpfend da standen, hatte ich einen metallenen Gegenstand am Boden ausgemacht. Schnell schnappte ich zu und brachte ihn zu Lisa und Nikos.

„Was hast du denn da schon wieder angeschleppt, Athos...?" Lisa nahm den Gegenstand an sich und hielt ihn gegen das bläuliche Licht der LED-Lampe am Wegesrand. „Mmh, schaut so ähnlich wie eine Sonde aus... dieses kreisrunde Teil vorne erinnert mich jedenfalls daran...doch für was?"

Herrchen schüttelte den Kopf: „Das ist irgendein Elektroschrott, den ein Gedankenloser wieder hier abgelegt hat!" Ich legte den Kopf schief: hatte ich nicht eben so ein seltsames Klirren beim Fahrradflitzer gehört...? Doch wie sollte ich das den beiden sagen? Ich bellte Lisa an und zum Glück verstand sie mich gleich.

„Athos möchte etwas mitteilen...er ist ja ganz aufgeregt. Er will uns irgendetwas sagen...ob das mit dem Flitzer zusammenhängt?" „Na ja", meinte Herrchen, „wenn es kein Elektroschrott ist, der da zufällig so liegt, dann könnte das eben der Fahrradfahrer verloren haben." Herrlich, Nikos hatte es verstanden! Zur Bestätigung leckte ich ihm die Hand. „Du, ich glaube, das stimmt", verstand Lisa meine Geste.

„Dann hat der Kerl das eben verloren...wir müssen ihm das wiedergeben!"

„Jetzt mal halblang", murrte Nikos. „Erst fährt der uns fast über den Haufen und du willst ihm noch zur Belohnung seine verlorenen Gegenstände hintertragen. Jetzt reicht es! Wir nehmen das seltsame Fundstück mit und gehen jetzt weiter, damit auch Athos zu seinem Recht kommt."

Ach, wie gut, dass die beiden auch an mich und meine Interessen denken. Wir setzten also unseren Spaziergang im Dunkeln fort und der länglich - metallene Gegenstand fand erstmal in einer Ecke der Rumpelkammer seinen Platz und war vergessen.

Der Wahlkampf

Am Frühstückstisch las Lisa morgens laut aus der Allgemeinen Zeitung vor: „Mainz sucht einen Oberbürgermeister". Und da wurde ich in meinem Körbchen hellhörig. War ich nicht der perfekte Suchhund für verloren gegangenen Schmuck, für entflogene Papageien und für gestohlene Bilder…? Dann würde ich sicher auch den Bürgermeister finden. Gleich stand ich neben Lisa um mehr zu erfahren, denn das war vielleicht ein neuer Fall für mich, als Kriminalist. Doch Lisa wiegelte ab: „Athos, das ist nicht wörtlich zu nehmen, ein Bürgermeister wird zwar gesucht, aber von den Mainzern gewählt!" Also, ich verstand erstmal gar nichts, verzog mich daher gleich wieder in mein Körbchen und verfolgte das morgendliche Gespräch jetzt nur noch halb interessiert.

„Wen wählen wir denn, hast du eine Idee?" hat Lisa zeitungsblätternd Nikos gefragt. Herrchen kratzte sich gedankenverloren den Kopf.

„Wir kennen ja alle Kandidaten kaum… die haben sie so schnell aus dem Hut gezaubert… ja, alles wegen des schnellen Weggangs von Ebling, der nun Innenminister von Rheinland-Pfalz geworden ist! Zwar lächeln uns seit einigen Wochen die verschiedenen Kandidatinnen und Kandidaten von den Plakaten am Straßenrand an, doch das ist es auch. Wir müssen uns mal mehr mit dem Thema beschäftigen."

„Der Haase hat schon mal kandidiert und war das letzte Mal nur knapp unterlegen", resümierte Herrchen. „Außerdem hat er den Stefan Raab in einer Fernsehshow geschlagen und 3 Million Euro gewonnen. Und bei der Entscheidung gegen den Bibelturm vor dem Gutenberg Museum hat er den Bürgerentscheid durchgebracht. Aber mehr kann ich zu seiner Person auch nicht sagen…"

Na, immerhin, dachte ich so bei mir im Körbchen. Hasen mag ich eigentlich auch ganz gerne - also eher jagen. Gerade vor kurzem hatte ich in der Dämmerung in einem kleinen Park drei von ihnen entdeckt und wenn mich nicht die blöde Leine gehindert hätte, wäre ich ihnen gleich hinterhergelaufen. Doch hier schien es sich ja um einen Menschen zu handeln, der seltsamerweise auch „Hase" hieß. Ich spitzte weiterhin sehr aufmerksam meine Fellohren.

Dann gab es noch eine überraschende SPD-Kandidatin "von Jungenfeld"; das klang jedenfalls auch recht nett, denn auf dem Feld laufe ich auch ganz gerne herum. Die Kandidatin erkannte ich an ihrer großen Brille, mit der sie mich von den Plakaten aus anschaute.

Ich habe auch gehört, dass ein Kandidat aus Wiesbaden für die Wahl hier in Mainz kandidierte. Nee, nee, das geht ja gar nicht... von der "Ebsch Seit"! Die Leute müssen schon von Mainz sein und auch hier wohnen. Auf der anderen Seite des Rheins gibt´s ja auch was zu tun. Sollen die dort sehen, dass sie etwas bewirken.

Dann gab es noch einen Herrn von den Grünen, der hatte oft einen Anzug an und sah gar nicht so grün aus, also auf den Plakaten. Ich verstehe sowieso nicht, warum der als „Grüner" bezeichnet wird, aber wahrscheinlich verstehen das Lisa und Nikos besser.

Grün sind jedenfalls die vielen Papageien, die hier in Mainz durch die Gegend schwirren und heftig krächzen. Na ja, das hat natürlich nichts mit dieser Wahl zu tun, denke ich in meinem Fell. Dann war da noch ein Herr Engelmann auf den Plakaten zu sehen und eine Frau Matz, die sehr jugendlich aussah und eine Tasse mit irgendwas drin in der Hand hielt. Vielleicht konnte man mit der gut plaudern und Kaffee trinken?

Ich konnte mir da aus all den Bildern am Straßenrand, die zum Teil auch recht demoliert aussahen, keinen richtigen Reim machen. Musste ich ja auch nicht, denn ich durfte ja auch nicht wählen gehen. Das überlasse ich Frauchen und Herrchen.

Nikos und Lisa hatten sich übrigens gestern so seltsam angezogen. Lisa erschien in einem bunten Hemd und trug ein farbiges Stirnband um den Kopf. Ich erkannte sie kaum wieder und Herrchen meinte: „Oh, das ist ja eine in die Jahre gekommen Hippiefrau...!" Frauchen nahm es aber gelassen und lachte herzlich, weil Herrchen als eine große Erdbeere verkleidet vor ihr stand.

„Na, das ist ja mal ein süßes, dickes Früchtchen", meinte sie lapidar. „Du bist wohl noch vom Erdbeerfeld im Sommer übriggeblieben!"

Die beiden schienen ihre Freude zu haben und ließen mich dann am Abend mal alleine, sind in die Stadt gefahren, um sich im Theater die Fastnacht Symphonie anzuschauen.

Es muss eine schöne Veranstaltung gewesen sein, denn sie kamen beschwingt und singend am späten Abend zurück. Frauchen stimmte die Melodie von "Mainz bleibt Mainz" an. Leise knurrte ich in meinen Körbchen die Melodie mit. Ich war glücklich, dass sie sich wieder um mich kümmerten und noch eine Runde Gassi mit mir gingen. Draußen war es sehr kalt. „Bestimmt nur -4 Grad" hatte Nikos gemeint und ging flotter, damit ihm warm wurde. Mir hat die Kälte nichts ausgemacht, schließlich habe ich ja mein dickes, warmes Fell.

Wahlausgang

Am Sonntag war dann die Bürgermeisterwahl, von der die beiden ständig gesprochen haben. An dem Tag sahen wir viele Menschen Richtung Grundschule und IGS, zu den Wahllokalen, gehen. „Die wollen alle ihrer Bürgerpflicht nachkommen und ihr Kreuzchen machen", stellte Herrchen beim Gassigang fest.

Mir war das egal, schließlich durfte ich da als Hund nicht mitmischen.

Doch schon am Abend gab es ein eindeutiges Ergebnis zur Wahl. Lisa war ganz beeindruckt: „Stell´ dir mal vor, die ersten Auszählungen haben ergeben, dass der Haase alleine über 40% der Stimmen gemacht hat und der Mann von den Grünen mit etwas über 20 % ist der zweitstärkste. Die gehen dann in die Stichwahl um den Posten des Oberbürgermeister Anfang März".

Aua, Stichwahl, das tut bestimmt weh, dachte ich bei mir. Da werde ich jedenfalls einen großen Bogen um diese seltsamen Wahllokale machen, wo man auch nichts zu essen bekommt.

In meiner alten Heimat, auf Kreta, da gab es in den Lokalen wenigstens für mich immer etwas zum Fressen, also da konnte ich oft etwas abstauben. Und wenn mir die Besucher nichts direkt gaben, so fand ich immer noch das ein oder andere Essbare unter den Tischen.

„Also, dass der Haase sich so eindeutig abgesetzt hat, ist doch beeindruckend", meinte Lisa noch ganz altklug. Doch ich dachte mir: Kein Wunder, wir haben ja das Jahr des Hasen im Chinesischen Kalender, jedenfalls hatte ich das von Herrchen gehört, der dies aus der Zeitung laut vorgelesen hatte.

Letztendlich war´s mir egal, wer in Mainz Ober-bürgermeister wird. Hauptsache Frauchen und Herrchen sind um mich herum und mein Futternapf ist stets gefüllt.

Neue Ereignisse

Einige Tage später sind wir wieder den Roten Weg entlanggelaufen und Lisa entdeckte einen handgeschriebenen Zettel an einer Straßenlaterne: ´Suche meine verloren-gegangene Sonde. Finderlohn´. Und dann entzifferte Lisa noch eine krakelige Mobilfunknummer. Na, jedenfalls fotografierte sie kurzerhand mit ihrem Smartphone den Handzettel und war ganz aufgeregt, das spürte ich gleich am Ende der Leine.

„Also, Athos, das könnte das seltsame Ding sein, dass du vor ein paar Tagen gefunden hast und bei uns noch in der Ecke der Rumpelkammer schlummert! Beeil dich mal mit Deinem Geschäft, dann kümmern wir uns um diese Sache!"

Mein ganzes Fell spannte sich und ich strotzte vor Vorfreude. Konnte diese Angelegenheit endlich mein neuester Fall werden? Es war ja schon lange nichts mehr Aufregendes passiert und ich wollte mich gerne mal wieder für eine gute Sache engagieren, meine Trikolore-Schnauze in einen spannenden Fall stecken!

Daher ließ ich mich nicht lange bitten und erfüllte Lisas Wunsch.

Nachdem sie das schwarze Tütchen mit meinen Hinterlassenschaften in einem Papierkorb versenkt hatte, strebten wir zurück nach Hause, holten den seltsamen Gegenstand aus der Kammer und Lisa rief die ominöse Telefonnummer an.

Angespannt ließ Frauchen das Handy klingeln, bis man am anderen Ende eine dunkle Stimme hörte: „Hallo, hier Sang, wer dort?"

Sehr aufmerksam verfolgte ich das Gespräch der beiden und sie kamen schnell überein, dass wir den Fundgegenstand dem unbekannten Mann wiedergeben wollten.

Dafür machten sie als Treffpunkt die Alte Ziegelei aus.

„Also, mein Hund hat diesen Gegenstand gefunden... vielleicht ist er ja gar nicht das, was sie suchen..." bemerkte Lisa noch.

„Dann schauen sie mal, ob sie an dem Griff die Buchstaben "GS" sehen. Dann wäre es nämlich meins." Ich schnappte mir das blecherne Teil und schleppte es im Maul zu Lisa, die gleich angestrengt draufstarrte. „Tatsächlich, diese Initialen kann ich hier erkennen!", rief sie freudig. „Dann bis gleich, vor der Alten Ziegelei!"

Herrchen Nikos kam gerade vom Einkauf beim Kaufland zurück und wurde über den neuesten Stand informiert.

Etwas sorgenvoll schüttelte er den Kopf: „Da gehst du doch jetzt nicht alleine mit unserem kleinen Hund zur Übergabe hin!", wiegelte er ab. „Du kennst den Mann doch gar nicht...!"

Als ich "kleinen Hund" hörte, wurde ich doch etwas böse. Grimmig stellte ich mich in meiner vollen Größe vor Nikos und zeigte ihm mein kräftiges Gebiss. Immerhin reichte ich ihm fast bis zu den Knien.

Nikos verstand und streichelte mich. „Ach, Athos, so war es nicht gemeint. Natürlich passt du schön auf Frauchen auf, aber besser ist doch, wir gehen da mal kurz zu dritt hin. Machen einfach nochmal einen kleinen Spaziergang!"

Gesagt, getan: Kurz darauf machten wir uns auf den Weg gen Ziegelei. Dort bin ich gerne, denn es ist ein kleines Naturschutzgebiet mit einem sogenannten Industriedenkmal. Früher wurden dort Ziegel produziert, die auch weithin vertrieben wurden. Viele alte Bretzenheimer Häuser haben heute noch die Ziegelsteine von damals in ihren Gebäuden. Ein alter Ringofen, der richtig düster ist, gibt dort einen herrlichen Abenteuerplatz ab. Manchmal gibt es auch Führungen dazu.

Mich persönlich aber interessiert mehr das Herumtollen im Wildgrabental nebenan, denn hier treffe ich auch auf andere Hunde und es ist viel Platz zum Laufen. Es gibt dort auch einen kleinen Bach und oft auch Wasserpfützen, doch ich mache im Gegensatz zu meinem Golden Retriever Kumpel eher einen Bogen um Wasser.

Oft sehe ich auch Freizeitsportler hier joggen und im Sommer machen die Menschen gerne ein Picknick mit Freunden.

Jetzt aber hatten wir keinen Sinn für die Schönheiten des Ortes, denn wir wollten ja den ominösen Unbekannten treffen, um ihm diesen komischen Gegenstand zurückzubringen. Natürlich hoffte ich insgeheim auf eine dicke Belohnung, also zum Beispiel ein großes Stück Fleischwurst. Doch es kam dann ganz anders.

Der unrasierte Typ, der uns entgegentrat, war mir von Anfang an unsympathisch: Gleich als er mein Fundstück in Lisas Hand sah, ging er direkt auf sie zu und nahm es an sich. „Ja, tatsächlich meins. Vielen Dank", und er wollte sich gleich damit auf den Weg machen.

Etwas fassungslos standen wir da, schauten ihm hinterher, dann fasste sich Nikos ein Herz: „Na, das ist aber nicht so fein von Ihnen. Sie könnten uns wenigstens mal kurz erklären, was sie damit so machen und wie Sie heißen. Außerdem könnten Sie sich mal bei unserem Hund Athos bedanken. Der hat ihr seltsames Gerät gefunden!"

Der Mann, der etwa 50 Jahre alt war und etwas abenteuerlich in seinem alten olivfarbenen

Parker aussah, dreht sich mürrisch um. „Hee, was soll das…habe mich doch bedankt. Ich heiße Sang, Gustav Sang. Und Hunde mag ich nicht. Die schnüffeln zu viel herum und stören nur…!" Unwillkürlich spannte sich mein Nackenfell und ich ließ meine Zähne blitzen. Was war der Typ ungehobelt und so undankbar!

„Also gut", meinte dann der bärtige Mann, weiter einlenkend: „Wie gesagt, vielen Dank, nochmals. Also, ich suche im offiziellen Auftrag nach verschwundenen Gegenständen. Zum Beispiel unterstütze ich den Denkmalschutz bei der Suche nach alten römischen Münzen. Wir leben ja hier in so einem historisch interessanten Gebiet, wie sie ja sicherlich wissen… wenn Sie dem Geschichtsunterricht aufmerksam gefolgt sind…!"

Dann dreht er sich wieder um und schwupps… weg war er.

„Das kann doch nicht wahr sein!", regte Nikos sich auf. „So ein unverschämter Rüpel! Stellt uns so hin, also ob wir die ganz Dummen wären…dem glaube ich kein Wort!"

Lisa schüttelte resigniert den Kopf und ließ die Schultern hängen. „Undank ist der Welten Lohn..., doch es macht keinen Sinn sich darüber zu ärgern. Wir machen jetzt das Beste aus unserem Spaziergang!"

Sie suchte auf dem Wiesenboden nach einem schönen Stück Holz und ließ es dann im hohen Bogen fliegen.

Das ließ ich mir nicht zweimal sagen und flitzte los. Was für ein Spaß! Meine Fellohren flogen durch den Wind und mitten im kurzen Lauf hatte ich das Holz schon wieder erwischt. Vor Vergnügen knurrte ich ganz fürchterlich und kam mir sehr stark vor. Als ich mich schon wieder umdrehen wollte, sah ich aus dem Augenwinkel ein seltsames Glitzern und Blinken, es war nur etwa einen halben Meter von mir entfernt, am Wegesrand, nahe einem alten Baum.

Nanu, was konnte das sein? Meine Neugier war geweckt und so ließ ich erstmal den dicken Stock fallen.

„Hee, Athos. Was ist…wo ist das Stöckchen…" hörte ich Frauchen rufen, aber ich wollte noch mal eben nach dem Glitzer Gegenstand schauen. Es war dann aber nichts zum Fressen, sondern nur so ein kleiner runder Gegenstand, der vom durchdringenden Sonnenstrahl so geglänzt hatte.

Frauchen war auf einmal neben mir und rief erstaunt: „Oh, was ist das denn, Athos… das sieht ja aus wie eine Münze…tatsächlich!" Schwupps, da hatte sie Lisa an sich genommen und mich wieder aus dem Gebüsch gezogen. Obwohl mich selber mein Fund etwas enttäuscht hatte, bekam ich von Lisa gleich ein Leckerli und diese rief ganz begeistert Nikos herbei.

„Mensch, schau mal, was unser Athos da gerade entdeckt hat…das ist doch genau das, wonach der seltsame Herr Sang sucht…!"

Herrchen schüttelte ungläubig den Kopf. „Das gibt´s ja wohl gar nicht. Eben haben wir darüber gesprochen und schon findet der Hund was…".

Er kratzte sich gedankenverloren den Kopf und dann schaute er wieder auf die Münze.

„Sie sieht wirklich sehr alt aus. Auch ein wenig uneben. Mit dem Kopf und dem Lorbeerkranz schaut es nach einer römischen Münze aus…aber ich bin kein Experte. Da sollten wir tatsächlich mal dem Denkmalschutz Bescheid sagen", meinte er noch.

„Dem Denkmalschutz ist es sicher wichtig, dass wir uns die Stelle genau merken und nicht weitersuchen," meinte noch Lisa. „Denen geht es ja auch nicht um den Fund an sich, sondern um den Gesamtkontext, in dem sich das Ganze befindet", fügte sie noch eifrig hinzu. Frauchen hatte wohl zuletzt aufgepasst, als sie eine wissenschaftliche Sendung in Fernsehen verfolgt hatte.

Die Jagd nach dem Schatz

Schon drei Tage später, tatsächlich am Rosenmontag, stand ein Herr Dr. Kranz im Wildgrabental, also dort, wo ich die Münze entdeckt hatte. Einer seiner Mitarbeiter stand neben ihm. Der etwas ältere Mann hatte allerlei Gerätschaften und Werkzeuge dabei, auch ein technisches Messinstrument. Zuvor hatten sie die Stelle, an der ich die Münze gefunden hatte, mit einem rotweißen Band, dass sie um zuvor eingeschlagene Stangen gewickelt hatten, abgegrenzt.

„So, hier darf nun keiner mehr rangehen", meinte Herr Dr. Kranz streng und rückte seine Nickelbrille zurecht. „Nur mein Team und ich."

Ein wenig eingeschnappt war Lisa schon: „Na hören Sie mal, wir machen doch nichts kaputt und wissen um den Erhalt von kulturellen Gütern!", meinte sie nun, etwas aufgeregt. „Schließlich haben wir…, also Athos, doch die Münze gefunden!"

Herr Dr. Kranz lenkte ein: „Liebe Frau Achtsam, wir sind Ihnen und Ihrem Hund auch sehr dankbar für Ihre aufmerksame Unterstützung und wir nehmen die Angelegenheit sehr ernst. Sie sehen es daran, dass wir auch heute, an einem der höchsten Feiertage in Mainz, bei der Arbeit sind und alles genau absichern wollen. Dies zum Wohle des Denkmalschutzes."

„Tatsächlich, das ist beeindruckend, dass eine Behörde am Rosenmontag arbeitet", stimmte auch Herrchen ein, der seinen Blick in die Ferne schweifen ließ und eine bekannte Person entdeckte.

„Da hinten ist ja der Herr Sang, kommen Sie doch mal her!" Nikos winkte aufgeregt, doch der Herr Sang reagierte ganz anders als erwartet. Sobald der seltsame Mann die Gruppe erblickte, dreht er um und lief davon, so schnell er konnte.

„Der will bestimmt noch rechtzeitig zum Umzug kommen", meinte Dr. Kranz lakonisch. „Der hat doch schon so ein Indianer Jones Kostüm an!"

Lisa winkte ab: „Ganz im Gegenteil, so läuft der immer herum. Eigentlich müssten Sie ihn ja auch kennen, denn er sagte uns, dass er für das Denkmalschutzamt arbeitet."

Die beiden Archäologen starrten Lisa fassungslos an: „Bestimmt nicht, Frau Achtsam. Den selbsternannten Indianer Jones kennen wir nicht. Wir haben keinen Mann hier, der uns bei irgendwelchen archäologischen Suchaktionen unterstützen soll. Das kommt mir sehr seltsam vor!"

In Lisas Augen schien es zu funkeln. Ich kannte diese angespannte Neugierde, bevor sie wieder etwas Eigenwilliges unternahm.

„Nikos, bleib´ bitte bei den Herren und bei Athos. Ich möchte eben versuchen, dem seltsamen Herrn Sang zu folgen. Natürlich mit Abstand! Ich will wissen, wohin er läuft."

Klar habe ich gesehen, dass Herrchen von diesem Plan gar nicht begeistert war, doch Lisa ließ sich nicht abbringen und spurtete los.

Sie lief durch das Tal hoch parallel zur Pariser Straße, und zwar ziemlich schnell.

Im Hintergrund sah ich die drei großen Hochhäuser, die das liebliche Wildgrabental architektonisch etwas unschön umrahmten.

Nach wenigen Minuten hatte sie der dichte Waldesrand am Ende des Weges verschluckt. Unruhig wippte ich auf meinen vier dicken Pfoten hin und her. Am liebsten wäre ich mitgelaufen.

Herrchen ließ sich derweil noch erklären, was die Herren vom Archäologischen Landesamt zuletzt so gefunden hatten. Die berichteten gerne und ausgiebig von Grabungen auf dem Mainzer Kästrich, wo die Überreste eines römischen Stadttores standen. „Außerdem wollen wir uns demnächst noch mit weiteren Fundstücken rund um das Aquädukt in Zahlbach beschäftigen." meinte noch Herr Dr. Kranz. „Unsere Stadt Mogontiacum ist ja noch voller Überraschungen hinsichtlich der Vermächtnisse der Römer", erklärte er enthusiastisch. Ich beobachtete, wie er aufgeregt mit seinen Händen gestikulierte, als er den Namen unserer Stadt lateinisch aussprach.

„Ja, 500 Jahre Zugehörigkeit zum Römischen Reich haben natürlich ihre archäologischen Spuren hier in unserer Stadt hinterlassen", rezitierte Herr Dr. Kranz weiter, doch ich hörte erst mal nicht mehr hin und hielt ein kleines Schläfchen in der morgendlichen Sonne. Ein wenig Dösen hilft den Überblick zu behalten.

Als ich wieder aufwachte, hatte ich den vertrauten Duft von Frauchen in der Schnauze, die eifrig nach ihrer Rückkehr berichtete, dass sie nun ungefähr wisse, wo der ominöse Sondensucher wohne.

„Bin ihm Richtung Berliner Siedlung gefolgt. Aber natürlich so, dass er es nicht gemerkt hat. Dann ist er beim Bäcker Werner um die Ecke gebogen und bald darauf im Eingang eines großen Mietshauses verschwunden. Habe dann kehrt gemacht, aber ich weiß nun, wo er wohnt!"

„Ja, sehr schön", meint der unscheinbare Assistent von Herrn Kranz nur lakonisch. „Das ist aber nun kein Grund so viel Wirbel zu machen. Es liegen ja nichts als unklare Vermutungen über den Mann vor!"

Nikos schaute Frauchen jetzt mit einem durchdringenden Blick an und sie verstand zum Glück.

„Also gut, wir gehen jetzt nach Hause. Machen sie nur Ihre Arbeit. Wir wollen sowieso noch etwas vom Rosenmontagsumzug mitbekommen. Ist ja schließlich der Erste wieder nach drei Jahren!"

Wir drei sind dann also nach Hause gegangen und Lisa hat Nikos erzählt, dass sie sich nochmal der Sache mit dem Sondengänger annehmen wolle. „Mit dem stimmt was nicht, doch die Herren Wissenschaftler lassen wir damit in Ruhe! Gleich geht's erst mal zum Zug. Ich freue mich schon drauf. Und du, Athos, passt ein wenig auf unsere Wohnung auf!"

Rosenmontagsumzug

Gerne wäre ich wohl mit den beiden zum sogenannten Umzug mitgelaufen, aber ich hatte gehört, dass Frauchen zum Herrchen sagte, es wäre eine Quälerei einen Hund mit zum Umzug zu nehmen, denn da wäre viel zu viel Lärm mit den wummernden Bässen und den jubelnden Menschenmassen. So recht verstanden habe ich das nicht, denn die beiden schienen sich richtig auf den sogenannten "Lärm" zu freuen.

Flugs hatten sie sich jeweils einen bunten Schal in den Farben rot-weiß-blau-gelb umgeschlungen und dann noch eine Pudelmütze in den gleichen Farben aufgesetzt. Sie sahen schon sehr lustig aus und so verließen sie die Wohnung. Ich habe mich in mein Körbchen verkrümelt und genoss die Sonnenstrahlen, die durch das Wohnzimmerfenster drangen.

„Herrlich - heute hat der Wettergott ein Einsehen mit den Narren", frohlockte Herrchen, als sie die Wohnung verließen. „Gestern, beim Bretzenumer Umzug war das ja leider nicht so toll. Aber heute strahlt der Himmel."

Etwa drei Stunden später drehte sich der Schlüssel im Schloss und ich begrüßte hocherfreut Herrchen und Frauchen, die mit bester Laune zurückkamen. Ich hörte Frauchen sogar ein Fastnachtslied summen. Sie waren beide ganz begeistert von dem Umzug.

„Toll, wie friedlich es war. Die Menschen haben diesen Rosenmontag im vollen Umfang genossen! Ich habe kaum alkoholisierte Leute gesehen. So schön wie diesmal, habe ich den Umzug noch nie erlebt!", schwärmte Frauchen.

„Das stimmt", meinte auch Herrchen. „Wenn man bedenkt, dass mehr als eine halbe Million Menschen da waren, so war das ein unglaublich buntes und tolles Event ohne größere Vorkommnisse! Vielleicht sieht das am Abend dann noch im Nachgang anders aus...Aber was wir erlebt haben, war einfach wunderbar für das Narrenvolk."

„Gerade weil es draußen in der Welt so schwierig aussieht, ist uns heute der heitere und so schöne Kontrast dazu aufgefallen", meinte Lisa. „Sogar die 05er Spieler sind auf einem

Wagen mitgefahren und haben sich für ihren Sieg gegen Bayer Leverkusen letzten Samstag feiern lassen! Den Bo Svensson als Hippie hätte man kaum erkennen können. Der war bestimmt auch ganz happy darüber, dass seine Mannschaft nun auf Platz 9 in der Bundesliga steht!"

„Weiß ich doch alles, Lisa", meinte Nikos. „Wir haben uns doch beide das Spiel angeschaut!"

Nun wurde es aber auch Zeit, dass einer von den beiden mit mir Gassi ging.

In der Berliner Siedlung bei Frau Kowalski

Wir hatten schon Aschermittwoch und meine neue "goldisch" Heimat Meenz war wieder in den normalen Alltag übergegangen. Die bunte Fastnachtszeit war vorbei und ich merkte es auch an dem Verhalten von Lisa und Nikos, die wieder angestrengt die Weltnachrichten verfolgten.

„Nun konnten wir wenigstens mal ein paar Tage die allgemeine Weltenlage vergessen und jetzt holt uns die Realität wieder ein! Ich wünschte mir, dass endlich wieder Frieden eingekehrt!", seufzte Frauchen. „Die armen Menschen, die unter dem Krieg leiden…und dann ist da auch das furchtbare Erdbeben gewesen!"

„Außer für die Menschen in den Erdbeben- gebieten zu spenden, können wir im Moment nicht viel machen!", meinte Herrchen.

„Dann werde ich heute einfach mal was ganz anderes machen und nochmals zur Berliner Siedlung gehen und bei Herrn Sang klingeln", meinte Frauchen. Nikos war entsetzt: „Lass´ doch jetzt mal die Sache auf sich beruhen!"

Doch Lisa meinte, sie wolle jetzt wissen, warum der Herr Sang letztens so schnell verschwunden war, als er uns mit den Archäologen gesehen hatte.

Wir fuhren dann zu dritt mit dem Auto in die Oberstadt und Frauchen ging mit ihren Fingern die Namen an den alten Klingeln ab. Plötzlich öffnete sich die Haustür und eine ältere Frau mit einer verwaschenen Kittelschürze und einem Kehrbesen in der Hand, trat vor die Tür. Da sie freundlich aussah, fasste sich Lisa ein Herz: „Ei Gude, vielleicht können Sie uns helfen. Wir möchten einen Herrn Sang besuchen, wissen Sie, wo der wohnt? Sein Name steht ja nicht an der Haustür?"

Von jetzt auf gleich fing die betagte Frau in der Kittelschürze an zu schimpfen. „Ach herrje, was wollen Sie denn von dem…? Sind Sie Verwandtschaft? Der Sang ist mein Untermieter. Er ist aber schon wieder fort, ins Ruhrgebiet. Der ist mir immer noch die Miete schuldig. Bin gar nicht gut auf ihn zu sprechen…! Jeden Morgen habe ich ihm "Weck, Worscht und Woi" serviert, so wie er sich´s gewünscht hat! Und das alles für Euro 25,- pro Tag. Der hat mir buchstäblich die Haare vom Kopf gefressen…!"

Lisa blieb gelassen, doch die erboste Frau schimpfte heftig gestikulierend weiter. Sie leerte das Kehrblech beim nahegelegenen Mülleimer mit Getöse aus, drehte sich dann wieder zu uns um. Endlich schien sie sich beruhigt zu haben. „Ach, kommen Sie mal herein, vielleicht wissen

Sie ja Rat? Ich bin die Frau Kowalski und wohne im ersten Stock! Den süßen Hund können Sie auch mitnehmen. Ich hatte auch mal so einen lieben Kerl!" Sofort stieg meine Sympathie für Frau Kowalski und ich wedelte ihr freundlich zu.

Wir sind dann also zusammen die Treppen hochgestiegen und die alte Frau hat uns vertrauensvoll in ihre kleine Wohnung gelassen. Man sah sofort, dass sie nicht auf Rosen gebettet war, denn die Wohnung war einfach eingerichtet. Es gab Möbel im Stil der 50er Jahre und der Linoleumboden war auch schon ganz ausgeblichen vom vielen Reinigen. Auf dem Schrankregal fiel ein großes Bild mit dem Konterfei eines älteren Herrn auf. Das Bild trug zwei schwarze Bänder über dem Glas.

„Kommen Sie mal mit, ich zeig Ihnen das Zimmer vom Herrn Sang! Es ist ja alles noch so vorhanden, wie er es verlassen hat. Na, vielleicht kommt er auch wieder, so wie er es schon öfters gemacht hat. Doch diesmal möchte ich mein Geld auch haben!" Sie öffnete eine ältere, gelbliche Sperrholztür und wir drängten uns ins kleine Zimmer, das, außer einem altem

Klappbett, einem braunen Schrank und einem Regal wenig Mobiliar zu bieten hatte.

Doch sofort war mein Blick auf das Regal fixiert, denn ich erblickte dort gleich vier von diesen seltsamen Blechteilen, wie ich letztens eines selber gefunden hatte.

„Donnerwetter!" meinte Herrchen, „Das sind ja gleich vier verschiedenen Sonden in allen Größen!"

Frau Kowalski schüttelte nur den Kopf: „Was der Mann damit gemacht hat, habe ich auch nicht verstanden. Der ist meistens abends damit losgelaufen und ich hörte dann den Haustürschlüssel erst gegen Mitternacht sich wieder im Schloss drehen. Herr Sang hat stets viel Dreck an den Schuhen mitgebracht und ich musste das am nächsten Tag wieder wegkehren! Morgens hat er dann zum Frühstück immer einen Mordshunger gehabt. Jeden Morgen musste ich ihm das Gleiche servieren...!"
„Ja, wir wissen es, liebe Frau Kowalski: "Weck, Woi und Wurscht", meinte Lisa, während sie sich weiterhin genau das Zimmer anschaute.

„Ehrlich gesagt, wird er auch wieder kommen und weiterhin bei Ihnen wohnen wollen. Hier liegt ja alles noch für weitere Suchaktionen bereit!"

„Dann müssen Sie aber gleich zu Beginn erstmal Ihre Pensionskosten einfordern", versuchte Nikos die alte Frau zu überzeugen. „Sonst würde ich den rausschmeißen!"

Lisa bohrte weiter: „Wie kam der denn überhaupt als Untermieter zu Ihnen, Frau Kowalski und warum tun Sie sich das überhaupt an? Sie sind doch bestimmt schon um die 80 Jahre alt und haben es verdient ein ruhiges und entspanntes Leben zu haben!"

Bei diesen Worten begann sich der schmale Körper von Frau Kowalski zu schütteln und sie weinte leise vor sich hin. Lisa reichte ihr ein Papiertaschentuch und die Vermieterin schnuffelte gleich dankbar hinein.

„Ach, es ist ja alles nicht so leicht. Ich muss ja sehen, wie ich durchkomme. Meine Witwenrente ist klein und mir bleiben nach den Festkosten nur ein paar DM zum Leben! Wenn mein Otto noch wäre, sie wies mit dem Finger auf das Bild mit den schwarzen Schleifen, dann wäre alles viel leichter für mich."

Lisa berührte sie vorsichtig an den Schultern. „Liebe Frau Kowalski, das tut uns leid, dass Sie sich so durchschlagen müssen. Das kann doch nicht sein! Jedermann, der kein ausreichendes Einkommen hat, der kann doch Wohngeld beantragen. Und unserer Stadt geht es doch Dank der Gewerbesteuer von biontech gut. Da sind doch jede Menge Euros vorhanden!" Lisa hatte gemerkt, dass Frau Kowalski wohl noch in ihren Gedankengebäuden im "Früher" verhaftet war, sie sprach ja auch noch von der alten Währung D-Mark. Da Lisa sich sozial gerne engagiert, hat sie dann Frau Kowalski den Vorschlag gemacht, mit ihr einen Antrag beim Wohnungsamt für eine Beihilfe zu stellen. Doch Frau Kowalski schüttelt erst einmal den Kopf: „Nein, danke. Ich muss selber sehen, wie ich klarkomme. Ich will nicht das Geld von anderen Leuten nehmen. Die Stadt braucht das doch für andere Dinge...!"

Ich wunderte mich in meinem Hundekopf über ihre Ansichten. Warum schämte sie sich so und lehnte das Geld ab? In ihrem Alter und ihrer Situation konnte sie das doch gut annehmen? Ich, als Hund, bin auch immer froh, wenn man mir einen extra Leckerbissen zusteckt. Doch manche Menschen wollte es wohl lieber irgendwie alleine schaffen.

Also habe ich Frau Kowalski erstmal tröstend die Hand abgeleckt und sie hat mich dankbar gestreichelt. Das Taschentuch verschwand in der Tasche ihrer Kittelschürze. „Es wird schon weitergehen, wie bisher auch", meinte sie und machte sich selber Mut. „Jedenfalls haben Sie einen sehr lieben Hund!"

Nikos räusperte sich und dann hatte er noch eine Frage: „Liebe Frau Kowalski, wo haben sie denn den Herrn Sang kennengelernt, also wie kam es denn überhaupt dazu, dass Sie ihn als Untermieter nahmen?"

Ihm war klar, dass die ältere Vermieterin bestimmt nicht Airbnb und dergleichen kannte, auch überhaupt nicht im Internet zu Hause war.

„Ja, das war schon seltsam", meinte Frau Kowalski. „Ich war beim Bäcker um die Ecke und hatte mich in der Schlange angestellt, da hat mich der Herr Sang mit einem Zettel in der Hand angesprochen. Er wolle am Schwarzen Brett in der Bäckerei ein Zimmergesuch aufhängen. Oder ob ich jemanden in der Siedlung kennen würde, der ein Zimmer vermietet, hat er mich gefragt. Das war für mich wie ein kleines Wunder, denn ich hatte schon öfters darüber nachgedacht zu vermieten. Seitdem mein Mann ja schon so lange verstorben war, hatte ich immer das kleine Zimmer frei. Doch weil meine Ausstattung eher einfach ist, hatte ich mich nicht so getraut. Jedenfalls habe ich ihm dann vorgeschlagen, sich mal gleich das Zimmer bei mir anzuschauen…!"

„Und der hat es dann auch sofort genommen!", rief Nikos aus.

„Na, ich war jedenfalls erstmal recht froh, denn am Anfang hat er als Untermieter auch seine Miete stets bezahlt - also natürlich auch nur für die Tage, wo er da war. Aber dann wurde es schwieriger…!"

Die alte Frau seufzte. „Es ist halt nicht so leicht im Leben…!"

Lisa hatte wohl ihre Rückschlüsse gezogen, denn sie wollte nun wieder aus der Wohnung hinaus.

„Liebe Frau Kowalski, falls der Herr Sang bei Ihnen auftaucht, so können Sie uns ja mal Bescheid sagen. Auch wenn Sie vielleicht doch mal einen Antrag für das Wohnungsamt machen wollen, so helfe ich Ihnen gerne dabei. Ich gehe auch mit Ihnen zum Amt!"

Ja, da war Lisa wieder in ihrem Element als engagierte Helferin.

Doch Nikos machte jetzt kurzen Prozess und beschleunigte die Abschiedszeremonie.

„Hier ist unsere Adresse mit Telefonnummer, liebe Frau Kowalski. Melden Sie sich einfach bei uns, wenn es Ihnen passt. Wir haben auch ein altmodisches Telefon", verriet er zum Ende des Besuchs.

Dankbar nahm Frau Kowalski die bunte Visitenkarte an sich und ließ uns dann hinaus.

Zum Abschied winkte sie uns sogar noch leicht hinterher.

Wir drei sind dann erstmal wieder zum Auto gegangen und nach Hause gefahren.

Unterwegs musste Herrchen aber doch was loswerden. „Ich glaube, dass das mit dem Zimmer ein ausgeklügeltes Spiel von Herrn Sang war. Der wollte unbedingt bei Frau Kowalski wohnen. Doch warum? So richtig gemütlich ist es dort ja nicht…!"

„Aber nicht so weit bis zum Wildgrabental", ergänzte Lisa. „Da kann er jeden Abend zu Fuß hingehen oder in der Ecke auch mit seinem Fahrrad langfahren. Schließlich haben wir ihn ja auch so das erste Mal bemerkt!"

„Außerdem scheint er nur abends oder nachts unterwegs zu sein", fasste Herrchen detektivisch zusammen. „Das hat sicherlich auch seinen Grund. Der will gar nicht gesehen werden, scheint lichtscheu zu sein…"

Zu Hause angekommen wartete erstmal mein Futter und dann habe ich mich in mein warmes

Kuschelkörbchen zurückgezogen. Es gab so viele neue Erkenntnisse, die ich erst einmal überschlafen wollte.

Ich weiß noch, dass ich kurz vor meinen Träumen eine goldene Münze gesehen habe, darauf einen edlen Hundekopf. Irgendwie ähnelte das Konterfei mir persönlich. Dann bin ich eingeschlafen.

Fastenzeit – aber nicht für mich

In der Zeit nach den Karnevalstagen wurde es ruhiger bei uns. Lisa hatte beschlossen zu "fasten", was immer das auch bedeutete und ich spürte, dass der große Frohsinn vorbei war.

Ab und zu saß sie am PC und war darin ganz vertieft. Insgeheim hoffte ich, dass sie mit mir bald wieder ins Wildgrabental gehen würde, damit ich dort weiter herumschnüffeln konnte. Ohne mich kam sie doch im neuesten Fall nicht weiter.

Aber es passierte erstmal nichts - bis zum Sonntag. Da klingelte schon morgens um

9.00 Uhr das Telefon bei uns und Frau Kowalski war dran.

Sie wollte Lisa, Nikos und auch mich für heute Mittag zu Königsberger Klopsen einladen und deutete auch an, dass sie noch unbedingt einiges mit den beiden besprechen wolle. Lisa hat noch kurz Rücksprache mit Herrchen gehalten und dann haben sie spontan zugesagt.

Wir sind zu Fuß durch das Wildgrabental gelaufen, um uns auch ein wenig Appetit für das angekündigte Mittagessen zu machen. Ehrlich gesagt habe ich auch gehofft, dass die nette Frau Kowalski mir vielleicht auch eine kleine Portion zubereitet hat, aber das behielt ich natürlich für mich.

Bei dem Gang durchs Tal erlebten wir eine kleine Überraschung, denn sogar an dem Sonntag wurde an der abgesperrten Fundstelle eifrig gearbeitet. Diesmal war aber nur der ältere Mitarbeiter von Herrn Dr. Kranz vor Ort. „Nanu, so fleißig", meinte Nikos. „Heute ist doch eigentlich frei!" So recht wohl fühlte sich der wissenschaftliche Assistent nicht: „Ja, man tut, was man kann… alles für die Wissenschaft und für die Nachwelt!", meinte er so dahin.

Meine neugierige Lisa wollte noch wissen, ob es neue Funde oder überraschende Erkenntnisse gab, doch da war sie an den Falschen geraten. „Wenn es so wäre, würde ich Ihnen das nicht auf die Nase binden", grummelte der Assistent.

Etwas indigniert liefen wir dann weiter durch das Tal, in Richtung Oberstadt.

Lisa war über die Reaktion des Assistenten sauer und schimpfte noch über ihn. „So ein oller Meckerpott! Anstatt freundlich zu uns zu sein, werden wir noch angeraunzt!"

Doch als wir dann an dem großen Verkehrskreuz angekommen waren, konzentrierten wir uns auf die Laufwege über die Ampel. Gerade kam die Tram 52 an uns vorgefahren. „Die hätten wir auch nehmen können", meinte Herrchen. „Es ist so schön, dass wir von Bretzenum bis direkt nach Hechtsheim zu den Weinhöfen fahren können, alles ohne Umstieg. Tolle Verbindung!"

„Stimmt" pflichtete ihm Lisa bei, „Doch so ein wenig Spazierengehen schadet uns auch nicht, jetzt gerade in der Fastenzeit ist doch Bewegung angesagt!"

Insgeheim dachte ich in meinem Hundekopf, dass dann vielleicht Königsberger Klopse auch nicht so angesagt seien, aber meine Schnauze blieb verschlossen.

Frau Kowalski öffnete uns die Tür, es duftete schon verführerisch bis ins Treppenhaus hinaus und sie war diesmal sehr freundlich und aufgeschlossen: „Kommen Sie herein, es ist fast schon alles gedeckt!"

Das ließ ich mir nicht zweimal sagen und stürmte an allen dreien vorbei in das kleine Wohnzimmer. Lisa hatte vor lauter Sprachlosigkeit meine Leine losgelassen, was ich sofort ausgenutzt hatte, denn ich hatte in einer Ecke des Zimmers einen gefüllten Napf auf einem Deckchen ausgemacht. Als ehemaliger Straßenhund ließ ich mich nicht lange bitten und habe sofort mit dem Futtern begonnen.

Das war Frauchen natürlich sehr peinlich, doch Frau Kowalski hat mich in Schutz genommen. „Ach, lassen Sie nur, Frau Achtsam. Dem Athos soll es ja gutgehen! Mein Hund Waldi war früher auch immer so begeistert von meinem Sonntagsessen, und natürlich auch mein Otto. Doch jetzt legen Sie erstmal in Ruhe ab und dann setzten wir uns. Es gibt Neuigkeiten!"

Während die drei sich dann das Essen schmecken ließen, berichtete Frau Kowalski, dass am gestrigen Samstag nochmals Herr Sang bei ihr aufgetaucht sei und sie ihn nun zur Rede gestellt habe. Murrend hätte er ihr die restlichen Mietrückstände gezahlt, als sie gedroht hatte, ihn endgültig rauszuwerfen. Seltsamerweise wollte er das ganz und gar nicht und er hätte dann gezahlt. Am Abend sei er wieder Richtung Wildgrabental losgezogen, mit einem dieser seltsamen Dinger, wie Frau Kowalski meinte. Erst gegen frühen Morgen wäre er wiedergekommen, aber sehr missmutig, hätte dann sein bevorzugtes Frühstück verschlungen und sei dann erneut in den Ruhrpott abgereist. Er hätte ihr aber diesmal sogar einen Vorschuss von Euro 50,- gegeben, damit er weiter bleiben dürfe.

Frau Kowalski lehnte sich auf ihrem Stuhl zurück und schaute Lisa fest in die Augen: „Ehrlich gesagt, habe ich nun genug von so einem ungehobelten Mieter, Frau Achtsam. Ich würde ihr Angebot gerne annehmen und mit Ihnen aufs Amt gehen, und so einen Wohnantrag stellen."

„Außerdem habe ich nachgedacht. Habe Ihnen nicht sofort die ganze Wahrheit gesagt. Mein Otto…" sie stockte, „ist nicht immer auf dem rechten Weg gewesen. Also, er saß einige Jahre im Gefängnis, da er noch mit 70 Jahren einen großen Münzenraub unternommen haben soll. Man hat aber diese Goldmünzen nie bei ihm gefunden und so einen seltsamen "Indizienprozess" geführt, also ihn anhand von irgendwelchen Spuren und angeblichen Beweisen verurteilt. Mein armer Otto saß fünf Jahre ein, dann hat man ihn wegen guter Führung entlassen und er ist dann leider schon nach einigen Wochen bei mir zu Hause verstorben."

Jetzt kullerten wieder einige Tränen: „Wissen Sie, er wollte uns immer so viel bieten, aber das klappte mit seinem Gehalt nicht. So wollte er mit mir Urlaub in Südfrankreich machen, doch mir hat es eigentlich auch gereicht in unserer kleinen Datscha am Rande des Wildgrabentals. Otto hatte einfach eine kleine Holzhütte gebaut und wir haben auch etwas Gemüse dort angebaut und hatten dort für ein paar Jahre unsere Wochenendruhe. Weit war es ja nicht weg von uns, nur ein paar hundert Meter. Mir hat das immer gereicht, aber dem Otto nicht…!“

„Wo genau ist denn diese besagte Hütte“, fragte Herrchen nach. „Ach, die ist schon vor etlichen Jahren abgerissen worden, als man aus dem Tal ein offizielles Naherholungsgebiet für die Stadtbewohner gemacht hat“, berichtete Frau Kowalski.

„Schmeckt es Ihnen denn überhaupt?“, fragte sie zwischendurch nach. „Köstlich, liebe Frau Kowalski“. Der Teller von Lisa war auch schon leer. „Das Rezept hätte ich gerne!“, sagte sie noch. „Ja, das ist von meiner Mutter“, erzählte die alte Frau stolz. Ihre roten Wangen glänzten vor Glück.

Dann fuhr sie aber fort: „Also irgendwie glaube ich, dass der Aufenthalt von Herr Sang doch mit meinem Otto und dem vermeintlichen Raub zu tun hat, obwohl ich das nicht beweisen kann!"

Donnerwetter! Auch ich hatte das Gespräch mit meinen gespitzten Fellohren belauscht und war zu einem ähnlichen Ergebnis gekommen.

„Denn, schauen Sie mal hier" - fuhr die alte Frau Kowalski fort und zog dabei einen kleinen glänzenden Gegenstand aus den Tiefen Ihrer Kittelschürzentasche. „Kurz vor seinem Tod gab mir mein Otto diese Münze als "Notgroschen" noch in die Hand. Ich wusste damit nicht viel anzufangen, aber habe natürlich dieses Kleinod in Ehren gehalten". Sie gab es nun vertrauensvoll an Lisa weiter und diese erkannte verschnörkelte Ornamente um ein archaisches Boot in aufgewühlter See. Sie ahnte, dass die feine Münze sehr alt, antik sein musste. Römisch war sie wohl nicht. Nikos nahm sie dann auch vorsichtig in die Hand und murmelte anerkennend vor sich hin, dass der kleine goldene Gegenstand wohl nicht römisch, eher vielleicht keltisch sein könnte. Hui - keltisch...da wurde mir gleich ganz frostig zumute. Ich mag keine Kälte, lieber die Wärme der griechischen Sonne.

Vorsichtig, nach eingehender Betrachtung, gab Herrchen das goldene Rund an Frau Kowalski zurück. „In den Laden, zum Einkaufen, können sie damit nicht gehen. Aber wertvoll ist es bestimmt...doch wo hat Ihr Mann das her...?"

Die alte Frau schaute etwas verlegen zu Boden und druckste herum. „Na ja, nachgeforscht habe ich nicht, aber vielleicht hat es mit der Tatsache doch zu tun, dass mein Otto ins Gefängnis musste...? Aber wegen guter Führung wurde er dann früher entlassen", beeilte sie dann noch nachzuschieben. „So, nun wissen Sie beide mehr als die meisten Menschen um mich herum", beendete Frau Kowalski ihre Ausführungen.

Lisa rührte sich auf dem klapprigen Küchenstuhl: „Wir danken für Ihr Vertrauen und das gute Essen, liebe Frau Kowalski und sehen, was wir aus Ihren Erkenntnissen machen können. Natürlich behalten wir das Besprochene für uns! Jedenfalls ist es gut, dass Sie den Herrn Sang nun aus ihrer Wohnung rauswerfen und wir beiden gehen gleich morgen in die Stadt, zum Amt, und stellen einen Antrag auf Wohngeld. Das haben Sie wirklich verdient und das steht Ihnen nach so langen Jahren redlicher Arbeit auch zu. Suchen Sie bitte noch Ihren Rentenbescheid heraus...!"

Ach herrjeh, nun wieder Lisa mit ihrem allseits bekannten Helfersyndrom...war ja ganz lieb von ihr der alten Frau zu helfen, doch weitere Details langweilten mich nun. Hatte ja das Wesentliche meines neuesten Falles gehört und wurde von dem dicken Königsberger Klops auch gaaanz schön müde. Was soll ich euch sagen... eingeschlummert bin ich.

Jedenfalls als ich wieder aufwachte, hatte ich schon mein schönes rotes Halsband um und wir starteten zurück, an der Geschwister- Scholl - Straße entlang, dann über die Pariser Straße und hinunter durch den kleinen Schleichweg zum Wildgrabental. Nun war die abgesperrte Fundstelle schon aufgegraben und wir warfen einen Blick hinein. Es war natürlich nichts zu sehen. „Heeh, weggetreten…hier gibt es nichts!" Schon wieder kam der schlecht gelaunte Assistent von Herrn Dr. Kranz heran; er hatte ein kleines Picknick am Rande des Tales gemacht. „Na, Sie scheinen Ihre Aufgabe sehr ernst zu nehmen", meinte Lisa etwas aufgebracht. „Doch mit uns haben Sie ja Unterstützer und keine Gegner. Etwas mehr Fingerspitzengefühl bitte!"

Herrchen aber zog sie weiter Richtung Wohnung. Ihm war das Gebaren des schlecht gelaunten Assistenten suspekt.

Neue Erkenntnisse

Zu Hause hat Lisa dann ihren PC eingeschaltet und angefangen zu "recherchieren", wie sie sagte. Herrchen und ich haben uns verzogen, doch schon einige Minuten später hörten wir einen aufgeregten Seufzer: „Habe ich´s doch geahnt…das war bestimmt der gestohlene Goldschatz aus dem keltischen Museum in Glauberg im Wetteraukreis…Hier sind die Fakten!" Mir schien, mein Fall nahm an Fahrt auf. „Vor zwölf Jahren wurde unter dubiosen Umständen eine Schatulle mit Goldmünzen gestohlen und bis heute ist sie nicht wieder aufgetaucht. Festgenommen wurde ein Otto K. und nach einem Indizienprozess auch zu acht Jahren Haft verurteilt. Aber die Beute wurde nie bei ihm gefunden!"

Herrchen war nun elektrisiert: „Donnerwetter, Lisa, das hast du gut gemacht! Doch warum wurde in dem alten Artikel von "dubiosen Umständen" gesprochen?", wollte er von ihr wissen.

„Ja, seltsamerweise fiel während der Zeit des Diebstahls die gesamte Elektrizität des Museumtraktes aus, in dem der Goldschatz gelagert war. Die gesicherte Vitrine, in der er ausgestellt wurde, reagierte nicht mit einem Alarm und überhaupt lag das Museum im Dunkeln, also gegen 19.00 Uhr im Februar, als es passierte. Man vermutete immer, dass der oder die Täter vielleicht auch noch Unterstützung durch einen Insider hatte. Doch außer der Verhaftung des Herrn K., einige Tage später, kamen keine weiteren Verdächtigen in Haft."

„Wie ist er denn überhaupt ins Fadenkreuz der Behörden gekommen", wollte Nikos noch wissen. Lisa las vor, dass wohl sein Auto von einer Überwachungskamera erfasst worden war und auch ein Zeuge Herrn K. in unmittelbarer Nähe der Vitrine, kurze Zeit vor dem Diebstahl, gesehen hatte. So hatte die Polizei alles zu einer Indizienkette zusammengefügt und es wurde Anklage erhoben.

„Sehr tragisch, die ganze Sache, denn wenn Herr K. es wirklich gewesen war, dann hat er bis zum Ende seines Lebens nichts davon gehabt!", stellte Lisa lapidar fest. Dann klappte sie ihren Laptop mit einem Knall zu, so dass ich in meinem Körbchen zusammenzuckte.

Ein Gang in die Stadt

Normalerweise nimmt mich Lisa nicht mit in die Stadt, da ich da gerne die Pommes Frites auf dem Gehweg aufsammeln möchte, doch heute macht sie eine Ausnahme.

„Frau Kowalski hat sich gewünscht, dass du mitgehst, Athos, und so mache ich mal eine Aufnahme. Diesmal hältst Du Dich aber auch zurück, denn Du weißt ja, dass es bei uns immer einen vollen Napf gibt!"

Ich wedelte ihr erstmal verständnisvoll zu, doch Lisa hat ja noch nix von "Vorratshaltung" gehört. Ich sammle ja nur für schlechte Zeiten.

Vor dem Stadthaus begrüßte ich Frau Kowalski freudig mit einem lauten "Wuff" und ich glaube, dass Sie ganz froh war, mich als Verstärkung dabei zu wissen. Zwar war Lisa für den nervigen Behördenkram mit dabei, aber für die seelische Unterstützung war ich doch besonders wichtig. Zusammen sind wir dann in eines der kleinen Beratungszimmer gegangen. Die Antragstellerin hatte alle wichtigen Unterlagen dabei und ich hörte auch, wie die Frau von der Behörde sie lobte: „Sie haben auf jeden Fall Anspruch auf das Wohngeld, liebe Frau Kowalski. Bei ihrer Lage hätten Sie schon viel früher zu uns kommen können…" Da fing die Rentnerin wieder an zu weinen und ich habe ihr schnell über die faltige Hand geleckt.

Dankbar für die Tröstung hat sie mich liebevoll gestreichelt und dann ihre Papiere wieder zusammengefaltet.

„Gut, dass Sie gekommen sind. Das Wohngeld wird Ihnen schon im nächsten Monat überwiesen", sagte noch die Sachbearbeiterin. Dann waren wir drei schon wieder aus dem Bürgeramt.

Die Innenstadt von Mainz sah wieder sehr sauber aus, nachdem die Müllabfuhr die bunten Fastnachtsreste entsorgt hatte. Der Alltag war eingekehrt und die Menschen gingen ihren Besorgungen nach.

Dummerweise war es so sauber und aufgeräumt auf den Straßen, dass ich weit und breit nicht eine einzige Pommes Frites oder ein älteres Brötchen sah. Wäre auch nicht so leicht gewesen, zuvor noch Frauchen zu überlisten, die mich doch sehr kurz an der Leine hielt.

Lisa hat dann Frau Kowalski noch in den Hof Ehrenfels in der Stadt, zum Mittagstisch eingeladen und ich war dort auch willkommen. Still verschwand ich gleich unter den Tisch, zu den Füßen von Lisa. Frauchen bestellte für sich nur so einen langweiligen Salat, weil sie ja fasten wollte, doch vielleicht hatte ich mehr Glück mit der Eingeladenen. Meine Hoffnung auf Pommes Frites stiegen und tatsächlich bestellte sich Frau Kowalski als Mittagsmenü ein Schnitzel mit Beilagen. Schon bei dem Wort: "Beilagen" werde ich wach, denn das bedeutet, dass vielleicht etwas für mich abfällt.

Zufällig sah ich hinüber zum Nachbartisch und da hatte es sich auch der Archäologe und sein Assistent bequem gemacht. Ich zog Lisa an der Hose, doch sie verstand meinen Hinweis nicht, sondern schimpfte noch mit mir.

Doch bald hatte sie die beiden auch gesehen und winkte hinüber. Tatsächlich kam Herr Dr. Kranz kurz vorbei und berichtete, dass es leider keine weiteren Funde und Artefakte an der ausgehobenen Grube gab. „Ja, so werden wir wohl unsere Absperrung bald wieder aufheben, sehr zum Leidwesen meines Assistenten. Der hätte gerne als Minijobber noch weiter gemacht!" „Ach so, dann ist er gar nicht bei Ihnen fest eingestellt?", wollte Lisa noch wissen.

„Nein, er war nur saisonal da, aber ich hatte ihn genommen, da er sich als früherer Museumsangestellter gut in der Numismatik, also der Münzkunde, auskannte. Morgen werde ich für ein neues Projekt zu Ausgrabungen auf die schöne Insel Kreta fliegen und dort ein halbes Jahr bleiben. Nun gebe ich noch zum Abschluss unserer Zusammenarbeit ein Mittagessen aus."

Der Archäologe kehrte an seinen Platz zurück, doch Frau Kowalski schaute neugierig zu dem Assistenten hinüber, der etwas unruhig auf seinem Stuhl hin und her rutschte und nervös an seiner Brille herum nestelte. „Von irgendwoher kenne ich den, aber ich weiß auch nicht mehr, wann und wo das war," murmelte sie noch vor sich hin. Doch dann kam das herrliche Mittagessen herbeigerauscht und ich muss euch sagen, dass Frau Kowalski Erbarmen mit mir hatte und sie mir tatsächlich einige Pommes Frites heimlich unter der Tischdecke zusteckte.

Für mich war der kleine Stadtausflug eine wunderbare Sache gewesen und Frau Kowalski die Heldin des Tages.

Neue Erkenntnisse

In den nächsten Tagen kehrte auch bei uns die Routine und der Alltag ein, alle Aufregungen um den Münzfund hatten sich gelegt. Jeden Morgen freute ich mich beim Gassigang auf meinen neuen Freund Max, der wie ein Gummiball hin und her springen konnte. Besonders gut gefiel mir, dass sein Frauchen auch für mich ein Leckerli bereithielt. Herrchen murrte manchmal, wenn er mich soviel futtern sah.

„Athos, Du bist gut durch den Winter gekommen, das sehe ich, aber allmählich müssen wir mal wieder an deine Figur und Gesundheit denken. Wir wollen doch, dass du noch lange bei uns bleibst und da wäre es besser, wenn du nicht als rollende Wurst durchs Leben gehst." Na, es war schon eine ganz schöne Frechheit, mir meine vielen Futterquellen abschneiden zu wollen. Auch beim

Hausmeister hatte Herrchen schon gebremst, als der es gut mir meinte. Frauchen war etwas nachsichtiger, aber ich gebe zu, dass ich mit weniger Pfunden auch besser flitzen kann. Trotzdem muss ich ständig an Futter denken.

Tatsächlich hatte Lisa einige Tage zuvor noch eine gute Idee gehabt. Sie hatte den Namen von Herrn Kowalski ins Internet eingegeben und die Geschichte über den Münzdiebstahl studiert. Dabei hatte sie ein Foto mit ihm entdeckt, dass ihn bei einem Resozialisierungsprojekt in der Haft zeigte. Ein bekannter Schlagersänger hatte damals im Gefängnis ein Konzert gegeben und der Chor dort hatte ihn gesanglich unterstützt. Auf dem Bild neben Herrn Kowalski entdeckte Lisa den gesangsfreudigen Herrn Sang. „Donnerwetter, nun ergibt das Ganze einen Sinn! Herr Sang kennt den alten Herrn aus dem Gefängnis. Vielleicht hat er dort mehr über den vermeintlich verschwundenen Schatz erfahren und wollte sich nun nach dem Ableben seines Gefängnisnachbarn die Beute sichern...!"

Die beiden diskutierten noch eine Weile hin und her, kamen aber zu keinem weiteren Ergebnis.

Herrchen hatte dann heute eine alte Landkarte auf den Tisch ausgebreitet und sich längere Zeit darüber gebeugt. Mit einem Stift markierte er konzentriert verschiedene Stellen auf der Karte. „Schau Lisa, diese Karte zeigt das alte Wildgrabental mit den alten Parzellen, die mittlerweile verschwunden sind. Dort hatte Herr Kowalski auch seine kleine illegale Hütte aufgebaut."

„Na und", meinte Lisa. „Das ist doch Schnee von gestern, denn die ehemaligen wildgebauten Hütten sind abgetragen worden, damit das Tal freier und schöner ist, also damit das Naturschutzgebiet für alle Einwohner von Mainz zur Verfügung steht!"

Nikos aber ließ sich nicht abbringen und meinte verschwörerisch, dass wir nochmals mit Frau Kowalski sprechen sollten…

Die Wende

Einige Tage später, wir waren schon im März und der Frühling zeigte sich mit ersten Baumblüten und bunten Krokussen, saßen wir wieder bei Frau Kowalski in der Altbauwohnung und berieten uns.

„Sagen Sie mal, Frau Kowalski, wissen Sie ungefähr noch, wo die alte Gartenhütte von Ihnen stand? Da würden wir gerne nochmals mit Ihnen hingehen...!"

Die Rentnerin schaute sehr verwundert drein, aber da sie bis jetzt gute Erfahrungen mit uns Dreien gemacht hatte, vertraute sie auf uns und sagte zu.

„Seltsame Idee, den Platz der verschwundenen Hütte zu suchen, da kommen bei mir bestimmt wieder alte Erinnerungen hoch... aber wenn Sie meinen... wann wollen wir denn hingehen? Gleich jetzt...?" „Nein, nein, liebe Frau Kowalski, erst heute Abend, wenn keine anderen Menschen mehr dort sind", meinte Herrchen nochmals, ganz geheimnisvoll.

Also, ich hatte mir ja auch schon so meine Gedanken gemacht und hatte eine Vermutung, doch meine Hundemeinung wollten die beiden ja wieder mal nicht hören. Trotzdem war ich ganz gespannt auf den Abend und musste unbedingt bei diesem Abenteuer mit dabei sein.

Gegen 19.00 Uhr am Abend zogen sich Lisa und Nikos schön warm an, denn es war jetzt draußen doch recht frisch geworden. Sie packten in ihre Rucksäcke Taschenlampen ein und zogen sich so seltsame Mützen mit Schlitz über die Gesichter.

Schon wollten sie ohne mich losstürmen, doch das ließ ich mir nicht bieten! Ich stürmte hinterher, stellte mich vor die Wohnungstür und habe sie ordentlich angeblafft!

So eine Frechheit, ohne mich losgehen zu wollen!

„Ich glaube, Athos lässt sich nicht abschütteln! Dann müssen wir ihn also mitnehmen!" Kurzentschlossen holte Lisa mein Halsband und die Leine herbei und ich hatte es geschafft. Nun, wollte ich ja auch mithelfen, den Fall zu lösen und ich spürte, dass wir der Lösung sehr nahe waren!

Wir fuhren mit dem Auto zur Oberstadt und stiegen dann kurz vor 20.00 Uhr mit der Rentnerin den steilen Weg ins Wildgrabental ab. Es war schon ganz schön finster und Lisa und Nikos hatten Frau Kowalski in die Mitte genommen. Für sie hatten die beiden eine Bergsteigerlampe mitgebracht und die trug sie nun auf ihrer Stirn und sah sehr fremd für mich aus. Der Lichtkegel ihrer Lampe schwankte auf dem vor uns liegenden Weg hin und her.

„Sie machen es mir heute schwer, die genaue Stelle zu finden", murmelte die alte Frau vor sich hin. „Aber ich habe noch eine Orientierung, wo wir schauen können...wir hatten einen Haselnussstrauch vor der Hütte gepflanzt...vielleicht ist der noch da...!"

Tatsächlich ging es sehr langsam voran, so dass ich selber am liebsten ständig vor- und zurückgesprungen wäre.

Doch schließlich hatten wir eine Stelle in der Anhöhe erreicht, an der die betagte Mainzerin schnaufend stehenblieb: „Da drüben ist tatsächlich ein sehr großer Strauch, ich erkenne ihn wieder - dann müsste etwa dort unsere Hütte gewesen sein!"

„Sie erlauben", meinte Herrchen, und holte nun selber einen der seltsamen Metallstangen mit dem Teller hervor. „Habe mal die Sonde von einem Freund ausgeliehen", meinte er und fing dann an mit kreisenden Bewegungen über den krustigen Boden zu gehen. Erst war gar nichts zu hören, doch dann piepste das metallene Gerät ganz intensiv und heftig. „Hier muss was sein!", meinte Herrchen und er holte einen kleinen Klappspaten aus dem Rucksack, mit dem er die Erde aushob. Ich half mit meinen Vorderpfoten auch mit und tatsächlich stieß der Spaten bald auf einen harten Gegenstand.

Die Grubenlampe auf der Stirn von Frau Kowalski senkte sich nun fokussiert auf das Erdloch und bald hatte Herrchen eine kleine verschmutzte Kiste herausbefördert und wollte sie schon schnaufend neben den Aushub abstellen. Doch dann veränderte sich die Lage dramatisch.

„Hände hoch, ihr Drei - und her mit der Kassette", rief plötzlich eine dunkle Stimme aus dem Schatten eines Baumes. „Ich schieße, wenn ich nicht sofort die Kiste bekomme...!" Sofort dachten wir an den ungehobelten Herrn Sang, doch als der Mann mit einem weiteren Schritt bedrohlich auf uns zu kam, erkannte ich den Assistenten von Herrn Dr. Kranz! Was hatte das zu bedeuten?

Ungeduldig entriss der ungehobelte Kerl meinem Herrchen die dreckige Kiste und stolperte mit der Pistole rückwärts davon. „Bleibt bloß weg, sonst schieße ich...! Haltet auch den Drecksköter fest!"

Angsterfüllt hatte Frau Kowalski die Hände gehoben, Herrchen und Frauchen standen wie gelähmt daneben.

Nur ich selber war voller Wut und Ärger auf den Angreifer! Wie konnte er mich nur so gemein "Drecksköter" nennen! Warte es ab! Jetzt war meine Stunde gekommen! Ich stürmte einfach auf ihn los, sprang ihn von hinten an, gerade als er den Abhang hinabsteigen wollte. Was meint ihr, wie schön der geflogen ist, als mein Angriff für ihn ganz unerwartet kam!

Die Kassette schoss im hohen Bogen über ihn drüber und blieb verschlossen liegen, der seltsame Assistent rappelte sich wieder auf und floh, so schnell ihn seine Füße trugen. Nur gut für ihn, dass ich noch meine Winterpfunde auf den Rippen hatte!

Herrchen hatte derweil die Lage erkannt und sich die herumliegende Pistole gesichert, für den Fall, dass der Kerl zurückkommen würde. „Wir gehen jetzt einfach zu Frau Kowalski zurück in die Wohnung, der kommt bestimmt nicht nach. Wir lassen ihn erstmal laufen."

„Sicherlich kann man ihn dann später noch über seine hinterlegten Daten ausfindig machen", meinte Lisa.

Ich gebe zu, dass ich schon sehr neugierig auf den Inhalt der Kiste war! Doch diese blieb verschlossen auf dem Küchentisch stehen, bis Frau Kowalski plötzlich eine Idee hatte. „Es gibt einen kleinen Schlüssel, den mein Mann immer um den Hals trug und den ich in seinem

Gedenken in meinem Nachtkästchen stets aufbewahrte...!"

Sie schlurfte mit ihren alten Pantoffeln ins Schlafzimmer und ich hörte sie eine Weile herumkramen. Dann kam sie mit blitzenden Augen wieder zurück, in der Hand einen kleinen Schlüssel.

Ihr glaubt gar nicht, wie angespannt wir alle waren, als Frau Kowalski den Schlüssel im Schloss der Kassette umdreht und diese mit Schwung aufsprang. Viele golden schimmernde Münzen lachten uns entgegen!

Das musste der verlorene Keltenschatz sein!!

Auflösung meines Falls

Einige Tage später saßen wir mit Frau Kowalski und Herrn Dr. Kranz im Polizeikommissariat von Mainz. Den richtigen Namen seines Assistenten hatte man schnell ausfindig machen können, nur hatte er sich vermutlich in Richtung Südostasien abgesetzt.

„Wir lassen ihn per Interpol suchen, so schnell werden wir ihn allerdings nicht kriegen", meinte der Leiter der Dienststelle.

„Doch haben wir nun eine Erklärung, für den mysteriösen Diebstahl des Keltenschatzes am Glauberg. Herr Kowalski hatte einen Komplizen bei seinem Diebstahl, und zwar die Assistenz von Herrn Dr. Kranz. Dieser war damals ein Angestellter des Museums und hatte für einen Kurzschluss der gesamten Anlage gesorgt, den Herr Kowalski für die Entwendung des gesicherten Schatzes genutzt hatte. Es war ja immer unsere Vermutung, dass er irgendeinen Insider kannte, der ihm geholfen hat! Doch erst jetzt, im Rückblick, können wir den Tathergang richtig einordnen! Dank Ihrer Unterstützung, liebe Frau Achtsam und lieber Herr Achtsam, können wir nun den verloren geglaubten Keltenschatz an das Museum und die Kulturliebhaber zurückgeben!"

Doch Frauchen räusperte sich: „Das ist zu viel der Ehre, Herr Polizeirat, denn ohne Athos wäre der bewaffnete Dieb mit dem Schatz davongekommen. Athos hat ihn zu Fall gebracht und damit die glückliche Wende eingeleitet."

Ich wurde gestreichelt und der Polizist meinte: „Sie haben einen wirklich sagenhaften Hund, liebe Frau Achtsam. Athos hat nun schon einige Fälle hier bei uns in Mainz gelöst und tatsächlich gibt es sogar noch eine richtige Belohnung, einen Finderlohn, für den verloren geglaubten Schatz!"

Zwei Wochen später waren wir Drei wieder bei Frau Kowalski in der Berliner Siedlung. Die Beiden schenkten der alten Frau den Finderlohn, damit es ihr besser gehen würde.

„Es ist sozusagen doch noch ein Gruß ihres Mannes aus dem Jenseits", meinten sie. „Ach Frau Kowalski, denken Sie noch bitte an das Rezept von den Königsberger Klopsen?"

Nachträgliche Überraschung

Mein 6. Fall war also erfolgreich abgeschlossen und der Alltag hatte mich wieder eingeholt.

Doch eines Morgens stürmte Lisa ganz euphorisch in unsere Wohnung und hielt erfreut einen größeren Brief in der Hand, den sie schon geöffnet hatte.

„Nikos, stell´ Dir mal vor: wir sind in das neu gebaute Leibniz-Zentrum für Archäologie, hier in Mainz, eingeladen worden. Wir haben eine Ehrenkarte zur Einweihung erhalten! Die haben ja über 15 Jahre daran gearbeitet, bis es soweit war. Mainz wird also bestimmt bald ein neuer Standort für internationale Spitzenforschung in der Archäologie!"

© 2023 Beate Deister, Nikolaus Deister
Herstellung und Verlag:
BoD – Books on Demand, Norderstedt
ISBN: 9783750482494